Analyse de l'œuvre

Par Valentine Hanin
et Alexandre Randal

L'Ami retrouvé

de Fred Uhlman

Rendez-vous sur lepetitlitteraire.fr et découvrez :

Plus de 1200 analyses
Claires et synthétiques
Téléchargeables en 30 secondes
À imprimer chez soi

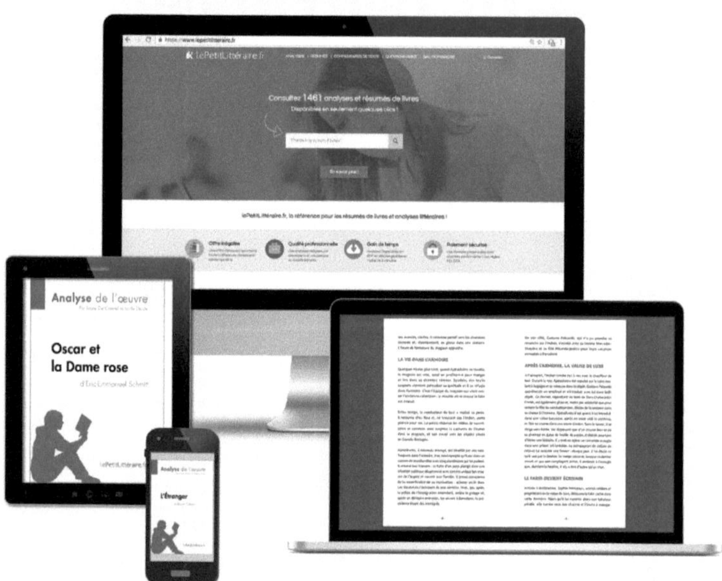

FRED UHLMAN

ÉCRIVAIN ANGLAIS D'ORIGINE ALLEMANDE

- **Né en 1901 à Stuttgart (Allemagne)**
- **Décédé en 1985 à Londres**
- **Quelques-unes de ses œuvres :**
  - *The Making of an Englishman* (1960), autobiographie
  - *L'Ami retrouvé* (1971), roman
  - *La Lettre de Conrad* (1985), roman

Fred Uhlman nait en 1901 en Allemagne, dans une famille juive peu pratiquante. Au début de son adolescence, la Première Guerre mondiale (1914-1918) éclate, ce qui déclenche une crise métaphysique chez l'auteur. Déçu tout d'abord par la religion, il le sera ensuite par sa patrie.

Après des études de droit, Uhlman s'installe comme avocat. Mais les tensions entre nazis et communistes se multiplient, l'antisémitisme grandit et, en 1933, Hitler (1889-1945) est élu au pouvoir. Uhlman quitte alors l'Allemagne pour Paris, avant de s'installer en Angleterre. À partir de 1940, il se consacre pleinement à ses deux passions, la peinture et l'écriture. Il publie son autobiographie, *The Making of an Englishman*, en 1960 et son roman *L'Ami retrouvé* en 1971.

L'AMI RETROUVÉ

LES JEUNES DE L'ALLEMAGNE NAZIE

- **Genre :** roman
- **Édition de référence :** *L'Ami retrouvé*, traduit de l'anglais par Léo Lack, Paris, Gallimard, coll. « Folio », 1983, 128 p.
- **1re édition :** 1971
- **Thématiques :** amitié, nazisme, guerre, exil, séparation

À mi-chemin entre nouvelle et roman, *L'Ami retrouvé* est un court récit relatant la rencontre et l'amitié passionnelle entre deux adolescents de l'Allemagne de la fin des années trente. Le narrateur, Hans, est d'origine juive tandis que Conrad est issu d'une illustre famille de comtes allemands. Leur amitié évolue et se dégrade avec, en toile de fond, la montée du régime nazi et les évènements qui en découlent.

Le récit n'est pas uniquement un témoignage sur la vie de l'époque et sur les bouleversements qu'ont connus les Juifs à cette période. Il est, avant tout, une véritable ode à l'amitié et aux élans romantiques de l'adolescence. Longtemps refusé par les éditeurs, *L'Ami retrouvé* est publié en anglais en 1971. La première traduction en français parait en 1978.

RÉSUMÉ

Hans Schwarz est un jeune lycéen de Stuttgart, vivant dans une Allemagne d'avant-guerre encore relativement tolérante et paisible. Le jeune homme vient d'une famille juive de la petite bourgeoisie et mène une vie tranquille, comme tous les jeunes gens de son milieu. Il n'a pas de véritables amis car, en tant qu'héritier de la poésie romantique allemande qu'il affectionne particulièrement, il n'a encore trouvé personne à la hauteur de ses attentes, digne de partager ses secrets et ses réflexions sur le monde, la religion et les arts.

C'est alors qu'arrive dans son lycée Conrad von Hohenfels, un jeune comte appartenant à l'une des familles les plus prestigieuses d'Allemagne, dont quelques membres illustres ont fortement influencé l'Histoire du pays. Il est élégant et sûr de lui, presque royal. L'assurance et la prestance du jeune Conrad fascinent d'emblée Hans, qui est comme médusé devant tant de prestige. Dès lors, il fait tout ce qu'il peut pour se lier d'amitié avec le comte : il étudie davantage pour briller en classe, il participe aux exercices périlleux du cours de gymnastique, etc. Mais Conrad ne semble pas être ému par tant de dévotion.

Cependant, un jour de la fin de l'hiver, Hans croise Conrad en rue et, de façon inespérée, ce dernier s'adresse à lui et lui serre la main : « Enfin, se dit Hans, quelqu'un qui correspond à mon romanesque idéal de l'amitié. » (p. 21) À partir de ce jour, les deux adolescents ne se quittent plus et développent une amitié indissoluble. Se promener longuement et débattre sur les poètes allemands, sur l'existence de Dieu et sur la science devient leur passetemps favori.

L'évolution inquiétante de l'Allemagne vers un antisémitisme de plus en plus virulent ne semble pas troubler les deux jeunes gens dans un premier temps. Cependant, Hans perçoit les premiers signes d'une séparation avec la mère de Conrad, qu'il ne voit jamais mais qui, selon les explications de son ami, hait les Juifs et les considère comme des démons sortis de l'enfer. Par conséquent, même s'il ne partage pas les mêmes convictions que sa mère, Conrad doit cacher son amitié avec Hans. Peu à peu, ce dernier commence à souffrir de l'antisémitisme ambiant, notamment lorsque, ses camarades de classe le violentent et le menacent. Leur amitié se brise quand Conrad, alors qu'il assiste avec ses parents à une représentation de *Fidelio* (opéra de Beethoven), rencontre inopinément Hans et l'ignore. Hans, trahi, estime que Conrad a choisi son camp : celui des nazis. « Tous deux savions que les choses ne seraient jamais plus comme avant et que c'était le commencement de la fin de notre amitié et de notre enfance. » (chapitre XV)

Devant la gravité de la situation, lorsque le dictateur se retrouve au pouvoir et après une empoignade avec un élève nazi, le père de Hans décide de l'envoyer en Amérique, afin qu'il y poursuive ses études. Ce dernier se sent alors déraciné.

Trente ans plus tard, il reçoit une lettre de demande de fonds provenant de son ancien lycée, le Karl Alexander Gymnasium. Accompagnant cette lettre, il trouve une liste des noms de ses anciens camarades morts pendant la guerre.

Après une très longue hésitation mêlée de crainte, Hans se décide à regarder si le nom de son ami, dont il a perdu la trace, figure dans la liste. Il découvre avec stupéfaction que Conrad a été exécuté suite à un complot contre Hitler.

HANS SCHWARZ

Hans Schwarz, Juif allemand de 16 ans, est le narrateur du récit. Il vit avec ses parents à Stuttgart. Son père est médecin. Plutôt timide et réservé, c'est un jeune garçon intelligent et très cultivé, intéressé avant tout par sa collection de pièces de monnaie anciennes et par la littérature romantique allemande. De nature solitaire, son existence bascule le jour où Conrad von Hohenfels débarque au lycée Karl Alexander Gymnasium. Initialement distant avec lui, Conrad vient à sa rencontre un jour après l'école : c'est à partir de ce moment qu'ils nouent des liens d'amitié. « Nous fûmes dès lors inséparables. » (chapitre VI) Ils partagent le même intérêt pour des discussions sur le sens de l'existence, sur la religion, sur l'art, etc.

Leur amitié prend très rapidement de l'importance, et ils passent bientôt tout leur temps ensemble : le monde qui gravite autour d'eux ne semble plus avoir la moindre importance.

Hans invite Conrad chez lui ; c'est ainsi qu'il fait alors la connaissance de ses parents, impressionnés de recevoir chez eux un comte von Hohenfels. Toutefois, leur relation finit par se détériorer, car, la mère de Conrad étant une farouche antisémite, Hans comprend qu'il n'est invité chez son ami que lorsque ses parents sont absents. Lors d'une soirée au théâtre, Hans aperçoit Conrad en compagnie de ses parents, mais ce dernier l'ignore : « Il me vit soudain, sourit, toucha de la main droite le revers de son smoking comme s'il voulait en faire tomber un grain de poussière ...et ils me dépassèrent. » (chapitre XV) À la suite de cet épisode, les deux jeunes garçons s'éloignent irrémédiablement l'un de l'autre. Hans, victime de la montée du nazisme (empoignade et propos antisémites de la part de Bollacher, un élève anti-sémite) dans son lycée, part en Amérique pour y poursuivre ses études. Il devient par la suite un avocat reconnu.

CONRAD VON HOHENFELS

Conrad von Hohenfels arrive au lycée Karl Alexander Gymnasium en février 1932. Il est issu d'une célèbre et illustre lignée de comtes allemands ayant joué un rôle im-portant dans l'Histoire de l'Allemagne. Le récit glorieux de son ascendance est brièvement raconté dans le chapitre II.

Le premier chapitre donne de nombreux éléments quant à l'apparence physique de Conrad : « Probablement tout comme les autres, ce qui me frappa plus que son maintien plein d'assurance, son air aristocratique et son sourire nuancé d'un léger dédain, ce fut son élégance. » (chapitre I)

Rapidement, Conrad devient une cible pour le jeune Hans qui, fasciné par son prestige, fera tout pour gagner son amitié. S'il l'obtient, la mère de Conrad, très antisémite, ne cautionne pas le fait que son fils soit ami avec un Juif. C'est la raison pour laquelle, lors d'une représentation théâtrale à laquelle il se rend avec ses parents, alors qu'ils croisent Hans, il fait semblant de ne pas le voir. Cet épisode entraine un changement profond dans leur relation : lors de la discussion qu'ils ont le lendemain, Conrad lui fait tout d'abord part de ce qu'il éprouve pour lui : « Tu es, tu le sais, mon seul ami. Et tu sais que je t'aime plus que quiconque » (chapitre XV). Il lui avoue ensuite qu'il s'est comporté de la sorte car sa mère est farouchement antisémite et ne le tolère pas en raison de sa religion. L'amitié entre les deux amis est alors rompue.

Avant le départ de Hans en Amérique, Conrad lui adresse une lettre dans laquelle il lui révèle qu'il a foi en Hitler et croit fermement en ce qu'il énonce : « Lui seul peut préserver notre pays bien-aimé du matérialisme et du bolchevisme ; c'est grâce à lui seul que l'Allemagne regagnera l'ascendant moral qu'elle a perdu par sa propre folie. » (chapitre XVII). La lettre se termine toutefois par une déclaration d'amitié de la part de Conrad : « Je me souviendrai toujours de toi, cher Hans ! Tu as eu sur moi une grande influence. » (chapitre XVII)

Malgré son aveu quant aux projets hitlériens, Conrad se retournera quelques années plus tard contre Hitler et décèdera dans un attentat qui était censé faire tomber le Führer.

LES PARENTS DE HANS ET DE CONRAD

Les parents de Hans sont des personnes douces, attentionnées et tolérantes. Ils sont tous les deux entièrement dévoués à leur nation. Le père de Hans est un médecin distingué de la Croix de fer pour ses faits d'armes pendant la Première Guerre mondiale. D'origine juive, ils ne possèdent pas de réelles convictions religieuses. Ils sont très accueillants envers Conrad, qui passe beaucoup de temps chez eux.

Les parents de Conrad sont très peu présents dans le récit. Ils n'apparaissent qu'à quelques rares occasions. On sait cependant que le père de Conrad est un ambassadeur aristocrate et hautain. La mère, quant à elle, descendante d'une famille polonaise distinguée, est antisémite et partisane convaincue d'Hitler. Conrad explique à son ami qu'elle voit d'un très mauvais œil la relation d'amitié qui les unit : « Elle déteste les Juifs. Elle en a peur, bien qu'elle n'en ait jamais rencontré un seul [...]. Elle pense que le fait qu'on me voie avec toi est une tache sur le blason des Hohenfels. » (p. 76) C'est pourquoi Conrad ne présente jamais Hans et ne l'invite chez lui que lorsqu'il est seul. Cela aura pour effet de faire grandir le doute chez Hans à propos des véritables sentiments de Conrad envers lui.

LES CAMARADES DE CLASSE

Le récit donne peu d'indications précises sur les camarades de classe de Hans. Quelques-uns seulement sont décrits, tels que Bolbacher, un garçon rustre et antisémite, ainsi que le « caviar », un groupe de trois garçons qui se font passer pour des intellectuels et qui traitent le reste de la classe avec un certain mépris.

Il est cependant important de remarquer que ce groupe de jeunes adolescents représente une sorte de microsociété, reflet de la société allemande de l'époque, avec ses changements, ses classes sociales, ses élus et ses brimés.

Avant l'apparition généralisée du nazisme, les camarades de Hans étaient assez indifférents vis-à-vis de la religion de Hans, ils ne l'ennuyaient jamais sérieusement. Mais lorsque Hitler monte au pouvoir, certains jeunes de la classe changent radicalement de comportement, et Hans est victime d'insultes et de moqueries.

LES PROFESSEURS

Deux professeurs se partagent l'estrade de la classe de Hans et Conrad. Le premier, Herr Zimmermann, est un homme doux et bon qui s'est résigné à sa triste condition d'enseignant. Le second, le nouveau professeur d'histoire, qui n'apparait qu'à la fin du récit, est Herr Pompetzki, un nazi convaincu qui propage les thèses hitlériennes au sein du lycée.

Ces deux professeurs sont les seuls qui apparaissent dans *L'Ami retrouvé* et, tout comme les camarades de classe, ils représentent, à l'intérieur même de l'enceinte du lycée, la terrible évolution que connait l'Allemagne à cette époque. Herr Zimmermann symbolise la période calme durant laquelle les Juifs, et par conséquent Hans, ont peu à peu perdu leur place dans la société allemande. L'arrivée de Herr Pompetzki, quant à elle, fait écho à la montée du na-zisme dans le pays et est le signe d'une véritable transition pour Hans :

> « [Q]uoi que pussent penser les élèves de Pompetzki et de ses théories, sa venue sembla avoir changé du jour au lendemain toute l'atmosphère de la classe. Jusqu'alors, je ne m'étais jamais heurté à plus d'animosité que celle que l'on trouve généralement parmi des garçons de classe sociale et d'intérêts différents. [...] Mais lorsque j'arrivai au lycée un matin, j'entendis à travers la porte close de ma classe le bruit

d'une violente discussion. « Les Juifs, entendis-je, les Juifs ».
Ces mots étaient les seuls que je pusse distinguer, mais ils se
répétaient en chœur et l'on ne pouvait se méprendre sur la
passion avec laquelle ils étaient proférés. » (p. 83)

Peu de temps après l'arrivée du professeur Pompetzki, Hans
doit quitter en urgence l'Allemagne pour se réfugier aux
États-Unis.

CLÉS DE LECTURE

UN RÉCIT AU GENRE INDÉFINI

La nature de ce récit est peu précise : rien ne semble indiquer clairement à quel genre nous avons affaire. Plusieurs questions se posent tout au long de la lecture : l'histoire est-elle une autobiographie ou une fiction ? Le récit est-il un roman ou une nouvelle ?

Autobiographie ou fiction ?

Considérant les liens évidents qui existent entre l'auteur et son personnage principal (la description de son école et de ses camarades, l'amour pour sa région, l'exil forcé et le déracinement à la terre natale tant aimée), le lecteur se demande si le récit se base sur la vie de l'auteur. À cette question, celui-ci répond, dans une interview donnée à *Libération* le 28 février 1985, que la moitié du récit est autobiographique, tandis que l'autre est fictive (Hans est différent de lui, les relations avec ses parents sont loin d'être semblables et une amitié si forte avec un garçon tel que Conrad n'a jamais existé). L'intrigue n'a donc pas vraiment d'écho dans les souvenirs de l'auteur.

Un élément clé qui fait douter le lecteur de la véracité de l'histoire réside dans le fait que le narrateur se mette à écrire suite à la réception d'une lettre provenant du lycée où il a étudié trente ans auparavant. Il s'agit d'un procédé, typique des romans des XVIIIe et XIXe siècles, utilisé par Uhlman : la découverte d'un parchemin ancien, de lettres anonymes ou de papiers importants justifient la mise à l'écrit du narrateur.

Il doit raconter, faire part de sa trouvaille afin d'en laisser une trace à la postérité. La présence de cet élément dans *L'Ami retrouvé* témoigne donc bien de la part importante de la fiction dans le récit.

Roman ou nouvelle ?

Comment qualifier *L'Ami retrouvé* ? Trop bref pour être un roman, il en possède tout de même quelques caractéristiques. Par exemple, les descriptions précises des personnages, des lieux dans lesquels se déroule l'action et des sentiments éprouvés par les protagonistes apportent une dimension romanesque indéniable à ce récit concis.

Le nombre de pages, les chapitres courts et l'importance de la chute rapprochent cependant davantage ce texte du genre de la nouvelle. En effet, la nouvelle, par sa brièveté, possède une tension et, grâce à sa chute souvent brutale, laisse le lecteur dans une attente qu'il doit lui-même combler en imaginant ce qui aurait pu arriver si l'histoire n'avait pas été si brusquement interrompue. Baudelaire (poète français, 1821-1867) explique, dans ses *Notes nouvelles sur Edgar Poe* : « [La nouvelle] a sur le roman [...] cet immense avantage que sa brièveté ajoute à l'intensité de l'effet. Cette lecture, qui peut être accomplie tout d'une haleine, laisse dans l'esprit un souvenir plus présent qu'une lecture brisée, interrompue [...]. » (chapitre III)

L'Ami retrouvé mêle donc la précision et la richesse de l'art romanesque avec la brièveté et l'intensité que l'on retrouve généralement dans les nouvelles.

UNE AMITIÉ TEINTÉE DE ROMANTISME

Les thèmes abordés dans *L'Ami retrouvé* sont largement inspirés de ceux de la littérature romantique allemande du XIXe siècle, qu'Uhlman affectionne particulièrement. En effet, ayant grandi avec les œuvres de Goethe (écrivain allemand, 1749-1832) et d'Hölderlin (poète allemand, 1770-1843), l'auteur développe dans son récit des motifs romantiques tels que l'expression de sentiments personnels, l'exaltation du moi, la recherche d'un idéal, la fusion des âmes avec la nature, et la rupture brutale entre un passé grandiose, idéalisé, et un présent cruel.

Certains de ces éléments se retrouvent directement dans le thème principal du récit, à savoir la naissance d'une amitié sincère, passionnée, unique et absolue entre deux adolescents fougueux et férus de littérature romantique allemande. L'adolescence est une période exigeante, ingrate parfois, durant laquelle chacun recherche un absolu, un idéal, un sens à la vie et à la religion. C'est une période à la fois déchirante, car le passage entre l'enfance et l'âge adulte peut être douloureux, et fascinante, car elle offre la possibilité de tout construire. Le passage est donc plus aisé si un ami, un camarade de jeu, de réflexion et de secrets, l'accompagne par sa bienveillance. C'est pourquoi l'amitié entre Hans et Conrad est si intense et si importante pour eux. Ils sont le guide l'un de l'autre.

Mais dans une relation d'amitié surviennent parfois des déceptions ou des moments de faiblesse, pouvant parfois mener à la trahison. En effet, Hans doute à plusieurs reprises des sentiments amicaux de son compagnon, quand ce dernier ne l'invite chez lui que lorsque ses parents sont absents, par exemple, ou encore lorsque Conrad feint de ne pas voir son ami lors d'une soirée à l'opéra. Ce n'est qu'après quelques excuses maladroites et les questions insistantes de Hans que Conrad lui avoue la vérité : la haine que sa mère porte aux Juifs. Suite à cet épisode douloureux, l'amitié entre Conrad et Hans change, et ce dernier se rend compte qu'elle n'est plus à la hauteur de ses espérances, celles qui impliquent le sacrifice, le don de soi et la grandeur d'âme. Que doit penser Hans cependant, trente ans après ces évènements difficiles, lorsqu'il découvre avec surprise que son plus grand ami, celui qu'il a tenté d'oublier depuis tant d'années, a été exécuté suite à son implication dans un complot contre Hitler ?

LA LETTRE DE CONRAD

La Lettre de Conrad, roman sorti de manière posthume selon les volontés de l'auteur, constitue le pendant de la même histoire d'amitié entre Conrad et Hans.

En 1944, alors que Conrad n'a plus que deux jours à vivre avant son exécution à cause de sa participation dans un attentat contre Hitler, il écrit à Hans, le narrateur de *L'Ami retrouvé*, une lettre pleine d'affection et de regrets quant à leur amitié passée. Telle une confession, Conrad y explique ce qui l'a initialement attiré lors de son adhésion au parti nazi et les raisons pour lesquelles il a finalement décidé de participer au complot visant à tuer Hitler.

UNE PETITE HISTOIRE DANS LA GRANDE

Un cadre historique réel

1932 est une année cruciale pour l'Allemagne : Hitler se rapproche du pouvoir, qu'il atteindra l'année suivante. Une phrase au début du récit, « Il entra dans ma vie en février 1932 pour n'en jamais sortir », donne au lecteur une indication temporelle précieuse. La montée du régime nazi en Allemagne apparait toutefois de manière imperceptible dans le livre.

C'est en 1923 qu'Adolf Hitler décide d'orchestrer un coup d'État afin de prendre le pouvoir. La tentative échoue cependant, et Hitler se retrouve en prison. Durant la période qu'il passe enfermé, il s'attèle à la rédaction de *Mein Kampf* (« *Mon combat* »), son programme politique basé sur un racisme viscéral envers les Juifs. Hitler profite de l'antisémitisme latent en Allemagne ainsi que de la frustration née du traité de Versailles (1919) et des sanctions prises à l'encontre de l'Allemagne à la suite de la défaite de 1918 pour proposer ses idées et son programme politique, dans le but de redresser l'Allemagne et d'ériger un régime dans lequel il serait le *Führer* (le « chef », le « guide »).

À la suite du krach boursier de 1929, l'Allemagne est en plein marasme économique, et le nombre de chômeurs atteint le chiffre record de six-millions. Le pays traverse une crise économique, politique et sociale sans précédent. Les élections législatives de septembre 1930 permettent au parti nazi de faire une entrée fracassante sur l'échiquier politique dans la mesure où il obtient 18,3 % des voix, devenant ainsi un parti politique avec lequel il faut désormais compter. En outre, le système de propagande commence à se mettre en place et un climat de grande violence est instauré par les S.A. (sections d'assaut), les troupes armées d'Hitler, qui mettent le pays dans un état de tension et de violence continue. L'amitié qui se noue entre Conrad et Hans débute alors que le parti nazi bénéficie déjà d'une popularité bien ancrée et qui ne cesse d'augmenter.

Lors des élections législatives de juillet 1932, mentionnées dans le roman, les nazis doublent leur score et obtiennent 37,3 % des voix. Ce chiffre permet de placer 230 députés au Parlement allemand et fait du parti nazi le premier parti en Allemagne. Hitler devient démocratiquement chancelier en janvier 1933 et s'arroge les pleins pouvoirs à partir du mois de mars, lors des dernières élections démocratiques avant la fin de la guerre. C'est à partir de ce moment qu'un régime dictatorial et antisémite est érigé en Allemagne. Dès le mois suivant, les premières actions antisémites sont lancées.

Dans le chapitre XVI, les premiers signes de l'antisémitisme qui frappera l'Allemagne dans les années à venir font leur apparition : Hans est victime de brimades et d'intimidations, dues à son appartenance à la communauté juive. Cette stigmatisation devient de plus en plus farouche et conduira à l'extermination de plus de six-millions de personnes parmi les populations juives d'Allemagne et d'Europe.

L'Histoire occultée

À la lecture des premières pages de *L'Ami retrouvé*, le lecteur peut se croire en présence d'un énième témoignage sur la

Shoah et la montée du nazisme en Allemagne, mais il est rapidement surpris par le peu d'informations que le récit donne sur ces années sombres de l'Histoire du pays.

En effet, il est assez frappant de remarquer que les périodes correspondant à la rencontre entre les deux adolescents et la naissance de leur amitié sont décrites avec beaucoup de précision et de détails temporels, alors que la conversion de l'Allemagne au nazisme et la fuite de Hans ne sont que brièvement mentionnées : « Et la chose fut ainsi réglée. Je quittai le lycée à la Noël et, le 19 janvier, mon jour d'anniversaire, presque exactement un an après l'entrée de Conrad dans ma vie, je partis pour l'Amérique. » (p. 88)

Les dates ne manquent cependant pas dans le récit, mais concernent plus particulièrement la vie intime de Hans (l'entrée de Conrad dans la classe en février 1932, leur première discussion le 15 mars, le départ définitif de Hans le 19 janvier 1933) ou le passé légendaire et glorieux de l'Allemagne.

L'absence relative de détails précis concernant les évènements tragiques de la Seconde Guerre mondiale (1939-1945) peut poser question. Toutefois, l'analyse du récit démontre bien que l'absence de l'Histoire n'est pas une dénégation de celle-ci. Elle est bien présente dans l'œuvre, au travers de l'ellipse que fait l'auteur, de l'aveuglement des parents de Hans face aux évènements, et au travers du regard de Hans, plus envouté par son ami que par l'actualité. Cette occultation de l'Histoire est plutôt une tentative de l'auteur pour rappeler que beaucoup ne se sont pas rendu compte de ce qui se déroulait autour d'eux et n'ont pas eu le temps de comprendre.

L'OPÉRATION « WALKYRIE »

Malgré tout, un évènement historique important trouve sa place dans le récit des deux amis. Dans le chapitre XVII, Conrad envoie une lettre d'adieu à son ami. Il y parle d'Hitler et de son adhésion aux thèses défendues par le régime nazi, affirmant qu'il a confiance en lui. Pourtant, Hans apprendra de nombreuses années plus tard qu'il a été exécuté par le régime nazi à cause de sa participation dans l'attentat manqué contre Hitler. Ce dernier était alors à Rastenburg en Prusse orientale, dans son quartier général, afin d'analyser les cartes de la situation militaire sur le front de l'Est.

Fred Uhlman s'est ici inspiré d'un fait réel : l'attentat contre Hitler, appelé opération « Walkyrie », survenu le 20 juillet 1944. C'est le comte Claus von Stauffenberg (1907-1944), officier de l'armée allemande, qui a commandité l'attentat et placé la bombe. Hitler n'en est que très légèrement blessé.

L'auteur a pu s'être inspiré de ce résistant allemand pour le personnage de Conrad, tant ils semblent proches sous certains aspects (extraction noble, proximité du nom, participation à l'attentat contre Hitler). Toutefois, Conrad n'est pas Claus, qui est né en 1907, alors que le début du récit date de 1932, mettant en scène Conrad et Hans encore en âge d'aller à l'école. Claus von Stauffenberg avait quant à lui déjà 25 ans en 1932.

PISTES DE RÉFLEXION

QUELQUES QUESTIONS POUR APPROFONDIR SA RÉFLEXION…

- Quels sont les premiers éléments concrets qui permettent de ressentir, dans la vie quotidienne de Hans, la montée en puissance du nazisme ?
- Comment peut-on expliquer le titre que Fred Uhlman a donné à son œuvre, *L'Ami retrouvé* ?
- Doit-on considérer ce livre comme une nouvelle ou plutôt comme un roman ? Justifiez à l'aide d'exemples tirés du texte.
- Comme l'auteur l'a lui-même affirmé, une partie de ce livre seulement est véridique, tandis que le reste a été inventé. À votre avis, est-ce que cela diminue la valeur de l'œuvre ? Pourquoi ?
- Après la dispute sur les opinions de la mère de Conrad, il y a un froid entre les deux amis. Comment l'expliquer ? Pensez-vous que Conrad en veuille à Hans et le rejette réellement ? Pourquoi ?
- Conrad ne partage manifestement pas les idées des nazis, puisqu'il a participé au complot contre Hitler. Pourtant, il ne semble pas défendre son ami auprès de sa mère, qui déteste les Juifs. Comment peut-on expliquer cela ?
- Comment le narrateur envisage-t-il l'amitié ?
- Quels sont les procédés utilisés par l'auteur au début du récit pour évoquer en peu de lignes de nombreuses années ? Expliquez.
- Quels sont les similarités et les différences qui existent entre *L'Ami retrouvé*, *Inconnu à cette adresse* de Kathrine

Kressmann Taylor et *Silbermann* de Jacques de Lacretelle ?

POUR ALLER PLUS LOIN

ÉDITION DE RÉFÉRENCE

- UHLMAN F., *L'Ami retrouvé*, Paris, Gallimard, coll. « Folio », 1983.

ÉTUDES DE RÉFÉRENCE

- BAUDELAIRE C., *Notes nouvelles sur Edgar Poe*, disponible en ligne sur *Wikisource*.
- « Comment Hitler est-il arrivé au pouvoir ? », in *Storify*, 2012, consulté le 30 aout 2016, https://storify.com/rtbfinfo/comment-hitler-est-il-arrive-au-pouvoir
- DURAND J.-J., « La transformation allemande », in *La guerre du millénaire*, consulté le 30 aout 2016, http://secondeguerre.net/hisetpo/av/hp_transfoallemande.html
- GOURNAY V. et LE TROQUER Y.-M., « *L'Ami retrouvé* (Reunion), un film de Jerry Schatzberg, 1989 », in *CNDP*, septembre 2012, consulté le 30 aout 2016, https://www.ac-caen.fr/dsden61/ress/culture/cinema/college_cinema/ressources/dossiers-films-colleges/dossiers-peda-college-cinema.xhtml
- « La mise en place de la dictature nazie », in *Encyclopédie multimédia de la Shoah*, consulté le 30 aout 2016, https://www.ushmm.org/wlc/fr/article.php?ModuleId=61
- « Opération Walkyrie : l'attentat contre Hitler (20 juillet 1944) », in *Histoire pour tous*, juillet 2010, consulté le 30 aout 2016., http://www.histoire-pour-tous.fr/dossiers/87-seconde-guerre-mondiale/3010-operation-walkyrie-lattentat-contre-hitler-20-juillet-1944.html

- UHLMAN F., *La Lettre de Conrad*, Paris, Stock, coll. « La cosmopolite », 2000.

www.lepetitlitteraire.fr

ISBN version numérique : 978-2-8062-9091-5
ISBN version papier : 978-2-8062-9092-2
Dépôt légal : D/2016/12603/844

Avec la collaboration d'Alexandre Randal pour l'analyse du personnage de Hans Schwarz et de Conrad von Hohenfels, le chapitre « Un cadre historique réel » ainsi que les compléments d'information sur « *La Lettre de Conrad* » et sur « L'opération Walkyrie ».

Conception numérique : Primento,
le partenaire numérique des éditeurs.

Ce titre a été réalisé avec le soutien de la Fédération Wallonie-Bruxelles, Service général des Lettres et du Livre.

DUMAS
- Les Trois
  Mousquetaires

ÉNARD
- Parlez-leur
  de batailles,
  de rois et
  d'éléphants

FERRARI
- Le Sermon sur la
  chute de Rome

FLAUBERT
- Madame Bovary

FRANK
- Journal
  d'Anne Frank

FRED VARGAS
- Pars vite et
  reviens tard

GARY
- La Vie devant soi

GAUDÉ
- La Mort du
  roi Tsongor
- Le Soleil des
  Scorta

GAUTIER
- La Morte
  amoureuse
- Le Capitaine
  Fracasse

GAVALDA
- 35 kilos d'espoir

GIDE
- Les
  Faux-Monnayeurs

GIONO
- Le Grand
  Troupeau
- Le Hussard
  sur le toit

GIRAUDOUX
- La guerre de
  Troie
  n'aura pas lieu

GOLDING
- Sa Majesté des
  Mouches

GRIMBERT
- Un secret

HEMINGWAY
- Le Vieil Homme
  et la Mer

HESSEL
- Indignez-vous !

HOMÈRE
- L'Odyssée

HUGO
- Le Dernier Jour
  d'un condamné
- Les Misérables
- Notre-Dame
  de Paris

HUXLEY
- Le Meilleur
  des mondes

IONESCO
- Rhinocéros
- La Cantatrice
  chauve

JARY
- Ubu roi

JENNI
- L'Art français
  de la guerre

JOFFO
- Un sac de billes

KAFKA
- La Métamorphose

KEROUAC
- Sur la route

KESSEL
- Le Lion

LARSSON
- Millenium I. Les
  hommes qui
  n'aimaient pas
  les femmes

LE CLÉZIO
- Mondo

LEVI
- Si c'est un
  homme

LEVY
- Et si c'était vrai...

MAALOUF
- Léon l'Africain

MALRAUX
- La Condition humaine

MARIVAUX
- La Double Inconstance
- Le Jeu de l'amour et du hasard

MARTINEZ
- Du domaine des murmures

MAUPASSANT
- Boule de suif
- Le Horla
- Une vie

MAURIAC
- Le Nœud de vipères

MAURIAC
- Le Sagouin

MÉRIMÉE
- Tamango
- Colomba

MERLE
- La mort est mon métier

MOLIÈRE
- Le Misanthrope
- L'Avare
- Le Bourgeois gentilhomme

MONTAIGNE
- Essais

MORPURGO
- Le Roi Arthur

MUSSET
- Lorenzaccio

MUSSO
- Que serais-je sans toi ?

NOTHOMB
- Stupeur et Tremblements

ORWELL
- La Ferme des animaux
- 1984

PAGNOL
- La Gloire de mon père

PANCOL
- Les Yeux jaunes des crocodiles

PASCAL
- Pensées

PENNAC
- Au bonheur des ogres

POE
- La Chute de la maison Usher

PROUST
- Du côté de chez Swann

QUENEAU
- Zazie dans le métro

QUIGNARD
- Tous les matins du monde

RABELAIS
- Gargantua

RACINE
- Andromaque
- Britannicus
- Phèdre

ROUSSEAU
- Confessions

ROSTAND
- Cyrano de Bergerac

ROWLING
- Harry Potter à l'école des sorciers

SAINT-EXUPÉRY
- Le Petit Prince
- Vol de nuit

SARTRE
- Huis clos
- La Nausée
- Les Mouches

SCHLINK
- Le Liseur

SCHMITT
- La Part de l'autre
- Oscar et la Dame rose

SEPULVEDA
- Le Vieux qui lisait des romans d'amour

SHAKESPEARE
- Roméo et Juliette

SIMENON
- Le Chien jaune

STEEMAN
- L'Assassin habite au 21

STEINBECK
- Des souris et des hommes

STENDHAL
- Le Rouge et le Noir

STEVENSON
- L'Île au trésor

SÜSKIND
- Le Parfum

TOLSTOÏ
- Anna Karénine

TOURNIER
- Vendredi ou la Vie sauvage

TOUSSAINT
- Fuir

UHLMAN
- L'Ami retrouvé

VERNE
- Le Tour du monde en 80 jours
- Vingt mille lieues sous les mers
- Voyage au centre de la terre

VIAN
- L'Écume des jours

VOLTAIRE
- Candide

WELLS
- La Guerre des mondes

YOURCENAR
- Mémoires d'Hadrien

ZOLA
- Au bonheur des dames
- L'Assommoir
- Germinal

ZWEIG
- Le Joueur d'échecs